中国诗人

韩辉升 著

这是哪里来的云

ZHE SHI NA LI LAI DE YUN

北方联合出版传媒（集团）股份有限公司
春风文艺出版社
·沈阳·

图书在版编目（CIP）数据

中国诗人．这是哪里来的云／韩辉升著．—沈阳：春风文艺出版社，2023.4
ISBN 978-7-5313-6386-6

Ⅰ．①中… Ⅱ．①韩… Ⅲ．①诗集—中国—当代 Ⅳ．①I227

中国国家版本馆CIP数据核字（2023）第007849号

北方联合出版传媒（集团）股份有限公司
春风文艺出版社出版发行
沈阳市和平区十一纬路25号　邮编：110003
辽宁新华印务有限公司印刷

责任编辑：韩　喆	责任校对：赵丹彤
装帧设计：Amber Design 琥珀视觉	幅面尺寸：125mm × 195mm
印　　张：7.5	字　　数：133千字
版　　次：2023年4月第1版	印　　次：2023年4月第1次
书　　号：ISBN 978-7-5313-6386-6	定　　价：38.00元

版权专有　侵权必究　举报电话：024-23284391
如有质量问题，请拨打电话：024-23284384

目 录
CONTENTS

有一株老树	/ 1
他 们	/ 2
我无忧无虑地走	/ 3
在 河 岸	/ 4
她在自我欣赏着	/ 6
天，真的塌了	/ 7
一夜冲杀	/ 8
我赶着羊群去放牧	/ 9
梦中听到	/ 10
那个孩子	/ 11
一个决意还俗的和尚	/ 12
走来一个女人	/ 13
那 株 树	/ 14
发现有一支猎枪盯着自己	/ 15
我飞了好久好久	/ 16
那个钓鱼人	/ 17

目 录
CONTENTS

我把自己所有的旧日子召集起来	/ 18
在地狱门口	/ 19
醒了吗,好像依然梦中	/ 20
此　刻	/ 22
云 在 飘	/ 23
那块石头里	/ 24
站在凤凰山上看大凌河	/ 25
站在老家的山头	/ 26
昨天梦里	/ 27
昨夜,我又来到了草原	/ 28
开　颅	/ 29
老家的后山上开满了鲜花	/ 30
寻人启事	/ 31
昨天梦中刷牙	/ 32
反复一个梦,直到醒来	/ 33
在 梦 中	/ 35

目 录
CONTENTS

是醒了，还是依然梦里	/ 36
月亮，变成了一匹白马	/ 38
打开屋门	/ 39
登　山	/ 40
出席一场葬礼	/ 41
雨　后	/ 42
那群钻井的人	/ 43
抱起一座山	/ 44
越看越像奶奶	/ 45
在牛河梁	/ 46
一条即将冻僵的蛇	/ 47
这是一处陌生之地	/ 48
手握钢枪	/ 50
一匹桀骜不驯的烈马	/ 51
三弟告诉我	/ 53
在凌河岸边	/ 54

目　录
CONTENTS

老　树	/ 55
场院上，落下来几十只麻雀	/ 56
鲸 鱼 说	/ 57
失去的双腿	/ 58
我走进一个山洞	/ 59
妈　妈	/ 60
梦里中箭	/ 62
我对天空做了一次重新设计	/ 63
不知自己怎么变成了一条鱼	/ 64
垂　钓	/ 65
一头牛对我说	/ 66
明明是前来乘凉	/ 67
在这场战斗中	/ 68
我在山坡上翻地	/ 69
那一排又一排绿树	/ 70
核弹的冲击波	/ 71

目 录
CONTENTS

一个自称星际客的家伙对我说	/ 72
这是哪里来的云	/ 74
一位白发人	/ 75
我跌倒了	/ 77
风 滚 草	/ 78
我摇着辘轳	/ 79
我坐在高铁列车上	/ 80
我是一棵玉米	/ 81
大 河 上	/ 82
星际大会	/ 83
地矿局局长向我汇报	/ 84
我 上 山	/ 85
拨开那丛刺玫	/ 87
我来到月亮之上	/ 88
向 北	/ 90
同每天放学一样	/ 92

目 录
CONTENTS

屋后那座山	/ 93
一列绿皮火车	/ 94
遍地光芒	/ 95
一 个 人	/ 96
我来到了火星上	/ 97
我重新捡起了打铁的手艺	/ 99
一个人,坐在云头	/ 101
我翱翔在天	/ 102
我在雨中俯视一群蚂蚁	/ 104
田 边	/ 106
汨罗江边	/ 107
在 山 上	/ 109
看到一个美女	/ 110
雷 锋	/ 111
一株正在被扭曲的树	/ 112
像极了我的母亲	/ 113

目 录
CONTENTS

一只狼对我说	/115
梦　里	/117
剥开耕作层	/118
老虎下山	/120
大伯告诉我	/121
月　亮	/123
一头大象对我说	/124
女　娲	/125
我推倒了门前的山	/126
一个人对我说	/128
我左手摇着一个摇篮	/129
一记远投	/130
一只鸟，叫了一夜	/131
一群魔鬼拦路	/132
我一次又一次向上蹦	/133
我去乡下扶贫	/134

目　录
CONTENTS

一　株　树	/ 135
昨天走的就是这条路	/ 136
好像是塔山	/ 138
修理钟表的师傅	/ 139
上学路上	/ 141
我在飞 1	/ 143
我把手伸进夜空	/ 144
这是爸爸栽下的一棵树	/ 145
我在飞 2	/ 146
小　时　候	/ 147
面　对　面	/ 148
扇　车	/ 150
用我的体细胞	/ 151
两　个　我	/ 152
我来到一家智慧工厂	/ 153
我四肢着地行走	/ 155

目 录
CONTENTS

盯着这张老照片，看	/ 156
旧 衣 服	/ 157
一 个 人	/ 158
你从大凌河里走出来	/ 160
我本不会游泳	/ 161
回 村	/ 163
昨夜，梦见了孙悟空	/ 165
波罗赤村还在	/ 167
闯进来三个蒙面大盗	/ 168
我在向前走	/ 170
妈妈领着我	/ 171
我参加一场接力比赛	/ 172
儿 子	/ 173
我是什么	/ 174
牛，把身上的绳套甩下	/ 176
跑哇，跑	/ 177

目　录
CONTENTS

你说你进不了天堂的门	/ 178
满山的向日葵	/ 179
一百匹马	/ 180
鱼缸里的鱼	/ 181
跑了一个晚上	/ 182
梦　里	/ 183
妈妈叮嘱我四件事情	/ 184
黄河流金	/ 185
是地球吗	/ 186
我走在上山的路上	/ 188
我参加一个婚礼	/ 189
梦里，一个人对我说	/ 190
刚刚回归童年	/ 192
昨　夜	/ 193
这棵茄秧	/ 195
兵马俑的头领说	/ 196

目　录
CONTENTS

稻草人对我说	/ 197
我是农民的儿子	/ 198
大　修	/ 199
我这点伤算什么	/ 201
算　术	/ 202
腿　软	/ 203
春　旱	/ 204
海水淹到了三楼	/ 205
麻　雀	/ 207
灵　魂	/ 208
求　雨	/ 209
送　葬	/ 210
山乡花海	/ 211
梦到了凤凰	/ 212
打　篮球	/ 214
捉　迷藏	/ 215

目 录
CONTENTS

手里握着什么	/ 216
大太阳,好晒	/ 217
梦里,总是故乡	/ 218
钟馗,持剑追我	/ 220
又见壶口瀑布	/ 221
大凌河水注入了我的血管	/ 222
我是一棵树	/ 223
那 个 神	/ 224

有一株老树
——梦录1

有一株老树
被自己的往事
淹死了

黏稠的汁液
漫过树冠

有只曾经栖身于树的鸟儿
捷足逃离了灾难

它说:往事太甜

1995年7月31日

他 们
——梦录2

他们
敲打着得胜的锣鼓
从我身旁走过

竟然不知
他们战胜的敌人
是如此软弱
不堪一击
正在暗自庆幸的我

人间竟有这样的欢乐

1995年7月31日

我无忧无虑地走

——梦录3

我无忧无虑地走
直到被一个破旧的摇篮绊倒
才知道
我是沿着自己当年的足迹
走回了幼年

一只干瘪的乳头
凑至我的唇边

1995年7月31日

在 河 岸
——梦录4

在河岸

有淤柴挂在树梢
这是洪水的衣衫被刮碎后
留下的败絮

站在树下
似有洪水弥漫在我的
头顶

哗——哗——
风荡起长发如浪
黑黑的浪啊

眼睛游得好快活
鱼尾拍打着太阳
睫毛,水草般摇曳
在河岸

演示过一次愉快的惊险后

我期待着大河涨水

1995年7月31日

她在自我欣赏着
——梦录5

她在自我欣赏着
美丽

突然,镜子里闯出一只大虎
只轻轻一舔
便使她脸面
全无

1995年7月31日

天，真的塌了
——梦录6

天，真的塌了

一个大个子
在那里顶着

他说：当我顶不动的时候
你们
前来替换

闻听此言
观望的人们
东逃西散
有的
直接趴到了地面

1995年8月21日

一夜冲杀
——梦录 7

一夜冲杀

四周都是敌人
有的陌生
有的熟悉
有的昨天还在一起对饮

我的头
一次又一次掉落
一次又一次复归

复归之头的面孔
一次比一次狰狞

终于把我吓醒

2019 年 7 月 7 日

我赶着羊群去放牧
——梦录8

我赶着羊群去放牧

那座作为牧场的山
突然不见了

我在山的原址
捡到一张字条

上面写的是
我到远方去割草

2019年7月10日

梦中听到
——梦录9

梦中听到

爱情问婚姻
你温暖吗

婚姻说
这要看你来自火热
还是冰冷
我始终就是这个温度

2019年7月15日

那个孩子
　　——梦录10

那个孩子
拾到一把拐杖

他学着老人的样子
拄了起来
一步,一步
直到两鬓斑白

终于遇到轮椅了
他一屁股坐了下来

正在喊我推他呢
□□声声叫大伯

2019年7月20日

一个决意还俗的和尚
——梦录 11

一个决意还俗的和尚
走在通往家乡的路上

一个铁心出家的商人
走在通往寺庙的路上

两个人
不期而遇

两个人
互诉衷肠

决意还俗的和尚
折返寺庙

铁心出家的商人
回归商场

2019 年 7 月 25 日

走来一个女人
——梦录12

走来一个女人

走到我面前了
原来是我妻子

拉起她的手,并肩同行
走着走着
怎么变成了母亲

互相倾诉思念
我和她
都是满脸泪痕

她为我擦泪
我为她擦泪

擦干眼泪后,再看这个女人
站在面前的
竟是女儿

2019年7月26日

那 株 树
——梦录13

那株树
正在拼命地摇

是不是
想把根子拔出来

就像我
把脚从紧实的鞋子里抽出来
挑开
走出的泡

2019年7月31日

发现有一支猎枪盯着自己
——梦录14

发现有一支猎枪盯着自己
那条狼
把垂涎的嘴巴
从羊羔身上拿开
有模有样地
吃起草来

2019年8月2日

我飞了好久好久
——梦录15

我飞了好久好久

飞越许多山
飞越许多河

飞到老家屋顶
我搂着烟囱睡着了

2019年8月9日

那个钓鱼人

——梦录16

那个钓鱼人
被鱼钓走了

我看到
从河里甩出来的
是金钩

2019年8月11日

我把自己所有的旧日子召集起来
——梦录17

我把自己所有的旧日子召集起来
发布训令

有伤的养伤
没伤的养老

不要再把我跟从

2019年8月15日

在地狱门口
——梦录18

在地狱门口
门卫
拦下了我

小声对我说
你不要进去了吧
这里
容不下善良
更容不下软弱

2019年8月18日

醒了吗,好像依然梦中
——梦录 19

醒了吗,好像依然梦中

那条弯路到底走上了坦途
还是跌进了深渊
那只狼到底采没采到
开在小鹿身上的梅花
那条抱着流凌奔跑的大河
到底是要结冰
还是正在融化
那个打开墓门走出的老人
到底是想透透气
还是走回山下老家

醒了吗,好像依然梦中

我明明丢了一把钥匙
他们却为我找回来三把
每一把的齿口截然不同
却为什么都能打开我的门锁
那只变成留鸟的天鹅
到底爱没爱上那只不肯冬眠的蛤蟆

那个喊我爷爷的小男孩
还没出生
就已经背着书包上学去了

醒了吗
太阳已经出来了
月亮还没落下

2019年8月20日

此 刻
——梦录20

此刻
我遭遇了小河断流

上游没了来水
这里的水
流向下游

三条鱼
陷在河泥里

一条蹦了几下不蹦了
一条钻进泥里不见了

还有一条就是我了
是拔出脚来上岸
还是留在这里风干

2019年8月28日

云 在 飘

——梦录21

云在飘
花在绽
小河的手
抓不住岸

花是离果最远的路
云是离地最近的天

那只大雁
正把远飞的雁阵追赶

是在梦里
还是在眼前

一曲长调
唱软了马头琴弦
我来了,却不知
这蒙古高原的哪片草丘下
躺着祖先

2019年8月30日

那块石头里

——梦录22

那块石头里
藏着一个神仙

我推石下山的时候
他蹦到我的面前

2019年9月5日

站在凤凰山上看大凌河
——梦录23

站在凤凰山上看大凌河

我看到
有两条鱼
跃出水面

一条凌空
飞成了白鸽

另一条上岸
变成了钓者

2019年9月10日

站在老家的山头
——梦录24

站在老家的山头

我看到
少年的我
正在山下的村子里
玩着捉迷藏的游戏

藏得真好哇

直到现在
还没被人捉到

2019年9月15日

昨天梦里
——梦录25

昨天梦里
我梦见了李白

他说
黄河之水不是来自天上
而是青海

老糊涂了吧

这是千古名句
无论对错
都不能修改
原作者也不例外

2019年9月18日

昨夜,我又来到了草原

——梦录26

昨夜,我又来到了草原

套马杆套住的
竟是一只黄鼠

昨夜,我又来到了草原

黄鼠问我
有没有为它备下合适的征鞍

2019年9月20日

开 颅
——梦录27

一个人
拎着锯子闯进了我的屋子

这个人
不由分说
锯开了我的脑袋

剧痛中
我看到
他从我的脑袋里
抽出好几个人
有的熟识
有的陌生

他又把我的脑袋缝合了

临走时说了一句
这个老家伙
脑子里钻进了那么多虫子
却浑然不知

2019年9月21日

老家的后山上开满了鲜花
——梦录28

老家的后山上开满了鲜花
花丛中站着我的妈妈

脊梁不弯了
左眼复明了

只是无论怎样喊叫
她也不予回答

难道耳朵出了毛病

梦醒后
了了旧的忧愁
多了新的牵挂

2019年9月22日

寻人启事
——梦录29

大街上
贴了许多同样的寻人启事

我好奇地前去观看
没想到
寻找的竟然是我

说我失踪已久
请亲朋好友和单位同事
帮助寻找

更没想到的是
寻人者
竟是朝夕相处的妻子

2019年9月22日

昨天梦中刷牙

——梦录30

昨天
梦中刷牙

刷掉了三十二吨齿垢
十万八千堆菌落

还在舌头上
刮下了三百六十五列火车

2019年9月22日

反复一个梦,直到醒来
——梦录31

遇到一个肩扛糖葫芦把子的人

我问他
你这糖葫芦串儿上都有什么果

他说
山楂
花红
大枣
还有月亮
太阳
地球

我问他
这月亮
太阳
地球
你也能穿得透
也能同山楂花红大枣穿在一起

他说

你觉得它大
它就大
你觉得它小
它就小
你想把它扛起来
你就能够把它弄通

2021年1月13日

在 梦 中
——梦录32

你正在向我走来

带着你的山
带着你的海
带着你的芳草地
带着你的百花开

我能给你的只有爱
梦中与梦外

2021年4月26日

是醒了,还是依然梦里
——梦录33

是醒了,还是依然梦里
蒙眬中看到
对面有两个自己

三个人之中
哪一个才是真正的自己

我深情地看着那两个我
而他们对我的存在
并不在意

他们扯住对方的手
相互角力
一个企图拉另一个向东
一个企图拉另一个向西
就这么久久僵持

我该为哪一方助力

向东
向西

还是劝他们与我合而为一

不知是醒了
还是依然在梦里

2021年4月26日

月亮,变成了一匹白马
——梦录34

月亮,变成了一匹白马
我骑上它
向草原飞奔

什么天狼星白虎星
大熊星
小熊星
遇到什么野兽射什么
绝不允许它们
向那片草场入侵

我想我的娜仁
我要帮她守护羊群

2021年5月4日

打开屋门
——梦录 35

打开屋门
空无一人

刚刚，明明听到了
急切的敲门声

关上屋门
回首看
沙发上
坐着一位美女

不知她
是什么时候进来的
又是怎么进来的

是鬼
是人

2021年5月4日

登 山
——梦录36

登山
登山
双腿酸软

不由自主地跪了下来

抬头
看到一位神仙

仔细看看
哪是什么神仙
正是自己
盘坐在山巅

2021年5月4日

出席一场葬礼
——梦录37

出席一场葬礼

躺在那里的
怎么会是自己

三次鞠躬完毕

我亲眼看到
自己从上面坐了起来
满面红光
神采奕奕

记不得经历了多少次这样的死去活来
一会儿人间
一会儿地狱

2021年5月5日

雨 后
——梦录38

雨后
妹妹挎着篮子
去拾地耳了

她,一步步
爬上山冈

我远远地望着妹妹

眨眼间
山,变成了篮子
那道彩虹
是篮子的提梁

妹妹就是太阳

2021年5月5日

那群钻井的人
——梦录39

那群钻井的人
对我说
一不小心
把地球钻透了

喷涌而出的
莫不是密西西比河的水

我伸手捧喝了一口
品起来
远不如凌河水甘甜

2021年5月5日

抱起一座山
——梦录40

抱起一座山
向故乡奔跑

那山上
有瀑布
有修竹
还有溶洞
映山红的花枝上
落着杜鹃

我要把它放在村边
让爸爸领略一下江南

2021年5月5日

越看越像奶奶
——梦录41

菩萨对我说
不要跪着了
赶紧起来

站直了
就会避祸消灾

除了你自己
谁也不能把你打败

抬头看过去
越看越像奶奶

2021年5月5日

在牛河梁
——梦录42

在牛河梁
我遇到了红山女神

她腰间围着一张虎皮
手里握着一块美玉
粗声大气地问我
愿不愿娶她为妻

谁说我们之间隔着五千年的差距

2021年5月5日

一条即将冻僵的蛇
——梦录 43

一条即将冻僵的蛇
求我把它救起

我想到了那个农夫
快步离它而去

没走多远
又遇到了一个即将冻僵的美女

我虽然想到了聊斋故事
甚至想到了妲己
还是把她搂进了怀里

2021年5月5日

这是一处陌生之地
——梦录44

这是一处陌生之地

迎面走过来的
竟是三弟

他扑进我的怀里
满脸都是泪滴

四年多不见了
我也有着道不尽的话题
比如,向他问问妈妈的近况
跟他说说爸爸的身体

刚好路边有一家酒店
我拉着三弟走了进去

没想到
三弟说自己戒酒了
这让我倍感诧异

三弟不无伤感地对我说

在人世醉死了
可以来到这里
在这里醉死了
再也无处可去

2021年5月5日

手握钢枪

——梦录 45

手握钢枪
怒视前方
在雪地中潜伏

我奉命前来
告诉他们：任务解除
他们一动不动
依然如故

我急中生智，大喊一声敌人来了
他们开枪的开枪
投弹的投弹
一个比一个勇敢
一个比一个威武

似梦似醒中
仿佛记得，在丹东，在抗美援朝纪念馆
我听过冰雕连的故事
还看到了那冰雕雪塑般的照片挂图

2021年5月5日

一匹桀骜不驯的烈马
——梦录46

一匹桀骜不驯的烈马
在草原上飞奔

踩坍了五个敖包
冲散了十个羊群

我一路追逐它
即将筋疲力尽

这匹马
在被套住的一刹那
变成了一把马头琴

不知从哪里赶来了一位老人
他握起那把马头琴,边拉边唱

那琴声
时而高亮
时而低沉
那歌声
忽而艳阳天

忽而积雨云

2021年5月7日

三弟告诉我
——梦录47

三弟告诉我
他至今还在徘徊

去天上的通行证即将过期
他依然舍不得离开

这山
这水
他说他生前从未觉得
这抱怨了一生的山山水水
竟然这么可爱

我有心劝他留下
又怕他
再次被命运打败

2021年5月7日

在凌河岸边

——梦录48

在凌河岸边
我看到
一条鱼从水中跃起

离水不过一尺
旋即落回水里

是兴之所至,像我一样到大凌河赏水
顺便吸上约五十分钟的新鲜空气
还是在水下遇到了劲敌
像我当年一样
做一次迫不得已的逃离

2021年5月7日

老　树
——梦录49

我在一棵弯弯曲曲
几乎匍匐在地的老树前的
石凳上坐了下来

树问：还记得我吗？

我茫然无语

老树说：感谢你当年不挑不拣
把那株又弱又弯的树苗
栽到这里
那些又直又壮的树苗
早已成材
被人伐去
我反倒成了风景树
还被钉上了重点保护的牌子

我愕然无语

2021年5月8日

场院上,落下来几十只麻雀
——梦录50

场院上,落下来几十只麻雀
紧一口慢一口地啄食谷粒

猝不及防
从我的体内
冲出一个少年
他一边喊
一边挥舞着扫帚
朝那群盗食者跑去

弟弟,在第一时间
拦住了那个少年
满面笑容地说
哥哥呀,你还是坐在那里看我打场吧
几只麻雀能吃多少粮食

2021年5月8日

鲸 鱼 说
——梦录51

鲸鱼说

海洋中
塞满了军舰

我们实在无处藏身了
只好
纷纷上岸

没想到
陆地上更挤
工厂
已经建到了海滩
更可怕的是
正在明里暗里
排放污染

2021年5月10日

失去的双腿
——梦录52

不知道
我丢在朝鲜战场上的双腿
什么时候才能走回来

如果是在我死去之后
请你们
为它俩穿上鞋子
并且告诉
我之所在

如果下辈子还有保家卫国的战事
只要适龄
我会第一个跑步赶来

——说这话的是我姑表大伯
此时我正在他的墓地祭拜

2021年5月10日

我走进一个山洞
——梦录53

走着
走着
我走进了一个山洞

那里的人们
正在钻木
尚未取火成功

我拿出随身携带的打火机
为他们提供火种

他们齐刷刷跪了下来
把我称作神灵

我要带他们从洞中走出
他们齐声拒绝
他们也是刚刚知道
就这样光着身子见人
不够文明

2021年5月13日

妈 妈
——梦录54

妈妈,肩扛铁锹
行色匆匆

不知道我是多么想你吗
明明看见我了
为什么置之不理

一个在天
一个在地
好不容易在此相遇

我加快脚步
追了上去

妈妈要我少说几句
以免误了她的大事

她要把天河挖开一个口子
引水浇地
老家那里太旱了
眼瞅着芒种了

还没开犁

2021年5月13日

梦里中箭

——梦录55

一支箭迎面而来
射在我的胸前

蒙古族人是不能说谎的
谁说谎
吃我一箭
大谎死
小谎伤
在所难免

想起来了,爷爷曾经告诉我
说这话的
正是成吉思汗

是一箭穿越八百年
还是手持弯弓的圣祖从未走远

2021年5月13日

我对天空做了一次重新设计
——梦录 56

我对天空做了一次重新设计

太阳不变
月亮不变
绝大多数星星不变
只是把牛郎星与织女星之间那道银河撤去

天的颜色不变
昼蓝
夜黑
云的形态不变
或舒
或卷
只是把控制雨雪的开关
从云天移至大地
从龙王手中夺走
交给我那乡下的弟弟

2021年5月14日

不知自己怎么变成了一条鱼
——梦录57

不知自己怎么变成了一条鱼

明明知道那是一条饵虫
却始终围着它游来游去
不敢下口
又不肯舍弃

多亏及时醒来了
确信不疑的是
我已经鼓足了冒险一试的勇气

2021年5月14日

垂 钓
——梦录58

一个人
在河边垂钓

我问他
这河里的鱼
好钓吗

他说
其实,最容易上钩的鱼
不在水里

2021年5月15日

一头牛对我说
——梦录 59

一头牛对我说
它想成虎

我指着牛
大喝一声"变"
那头牛
瞬间变成了老虎

这只老虎对我说
它想吃人

我指着虎
大喝一声"变"
这只虎
却未能变回牛

2021年5月16日

明明是前来乘凉
——梦录60

明明是前来乘凉
却不知为何
我变成了遮阴的树
而那棵树
变成了乘凉的人

我想离开这里
却怎么也拔不出根子
我想变回人形
那棵树
却不肯还回我的身子

2021年5月16日

在这场战斗中
——梦录61

在这场战斗中
我射杀了数不清的敌人

日近黄昏
枪声已稀

只有一个人在对面的阵地上负隅顽抗
端起望远镜仔细观察
这最后一个敌人
竟是我的儿子

我毫不犹豫地打出白旗

2021年5月16日

我在山坡上翻地
——梦录62

我在山坡上翻地

记得爸爸说过
只有深翻过的土壤
庄稼才能扎下根去
根子越深
越能多打粮食

没想到
竟挖出了一眼清泉
泉水中游动着一条红鱼

那条红鱼纵身一跃
扎进我的怀里
仔细一看
正是我日思夜想的那个美女

2021年5月16日

那一排又一排绿树
——梦录63

那一排又一排绿树
挑着水桶走来

正愁干旱不济无法下种呢
难道是前来把土地灌溉?

走在最前面那棵树
正是我当年栽的
至今还系着那条彩带

2021年5月16日

核弹的冲击波
——梦录64

核弹的冲击波
把地球
推离了运行轨道

我扯住地球的腰带
往回拉
却因无处踏脚
使不出劲来
只好随着它
在空中飘摇

不知如何是好

2021年5月19日

一个自称星际客的家伙对我说
——梦录65

一个自称星际客的家伙对我说
你看
这是地球残骸
曾有一种叫作人的灵长类动物
在此生长、繁殖
他们，比我的智力水平还要高级
我已经考察许久了
几乎可以肯定地告诉你
他们最终将灭绝于贪欲

他说
在这个残骸上已经找不到
他们须臾不可或缺的有机物质
盐碱地面积高达百分之七十
你看我找到的那几具遗骨
虽然鼻梁有高有低
但保持的都是互相攻击的姿势
遍地都是即将锈蚀的机械
其中许多是武器
此外
还有发生过核爆炸的嫌疑

他的话让我唏嘘不已
一时弄不清我是何类
从哪里来的
又将去往哪里

2021年5月21日

这是哪里来的云
——梦录66

这是哪里来的云
专门为我们村子下了一场雨

村界内刚好接墒
村界外滴水未降

有人说
他抬头望云的时候看见了已故的父母
以及村子里几乎所有亡人
他们在云团中忙碌着
把云中水舀起来
泼向大地
一个个累得大汗淋漓

2021年5月21日

一位白发人
——梦录67

一位白发人
走向我
腰不弯背不驼
他说自己刚好九十九岁
日子好
心里乐
一顿一杯小酒
一天一首诗歌
虽然年龄年年长
却觉得一天一天往回活

陪伴前来那个年轻人告诉我
其实爷爷已经百岁有余
他这些年来一直这么说

过了百岁
自己不去
阎王来捉

跑步赶来的不正是儿子吗
怎么偏偏亲近他

口口声声喊老爸
又是捶腿又是按摩

难道儿子糊涂了
认他不认我

2021年5月22日

我跌倒了
——梦录68

我跌倒了

坐在轮椅中的爸爸
第一时间冲过来
把我扶起

他一手擦着我的眼泪
一手把我抱起

八十岁的爸爸
竟抱得动五十五岁的儿子

半身不遂的人
又怎能一跃而起

那么多幸灾乐祸的人
面面相觑

2021年5月23日

风 滚 草
——梦录69

风滚草
一团接一团滚了过来

乡亲们
一个接一个从风滚草中
钻了出来

好了,就留在这里

这是城市
这是绿地
你们可都是猪毛菜呀
迟早会被铲去

2021年5月23日

我摇着辘轳
——梦录70

我摇着辘轳
在那口老井中打水

摇着摇着
摇辘轳的人
换成了爸爸

摇着摇着
摇辘轳的人
换成了爷爷

摇着摇着
竟成了
爷爷爸爸还有我
合力拉着井绳
与地球拔河

扑通一声
我们一起落进井里

2021年5月23日

我坐在高铁列车上
——梦录 71

我坐在高铁列车上

车的速度
越来越快

又是什么时候立了起来
扶摇直上天外

记不得穿越多少星星了
列车，终于停了下来

这是哪个站点哪
妈妈微笑着站在站台

我想在此下车
却不能把车门打开

当我把列车员喊来的时候
妈妈已经不在

2021年5月23日

我是一棵玉米
——梦录72

我左右各抱一个孩子
在这干裂的田野上漫无目标地奔跑

听得到哗啦啦的声音
却不知水在哪里

两个孩子刚才还知道喊渴
现在已经昏迷

听得到哗啦啦的声音
却不知水在哪里

我是一棵疯狂的玉米

2021年5月24日

大 河 上
——梦录 73

大河上
一条船

一条鱼,在船上
向河中布网
志得意满

它说

那么多人游过来了
我也捞点河鲜

放心吧
我这网,网眼很宽
"绝户网"的蠢事
咱可不干

让漏网的人们
学点经验

2021 年 5 月 30 日

星际大会
——梦录74

星际大会
讨论环境议题
星星们轮流发言

终于轮到地球了
他,大摇大摆地走到台前

大会主席禁不住大声质问
你怎么连起码的礼仪都不懂
这样庄严的场合
竟然衣着不整、蓬头垢面
今天告诉你,下不为例
如若不然
开除你这个会员

2021年5月31日

地矿局局长向我汇报
——梦录75

地矿局局长向我汇报
磁勘表明
渗津河北岸蕴藏着一个
品位不低的铁矿
需要进行钻探作业
尽早查明真相

文物局局长向我汇报
史料记载
渗津河北岸曾经是
历朝历代兵家必争的地方
所谓的铁矿
也许就是古时候的战场
地表下
遗存大量剑戟刀枪
需要进行野外考古
尽早查明真相
两个人各执己见
互不相让
直到惊醒太阳

2021年5月31日

我 上 山
——梦录76

我上山。一条小路跟着我
我快它快
我慢它慢

地皮菜黑着自己的黑
荆条花蓝出自己的蓝

一只兔,藏在草丛
以为我没看见
那么鲜嫩的草,它都不吃
必有一窝就在身边
也许还有狼
也许还有獾

草摇着扇
菇打着伞

老榆树下那个人,白裤白衫
一把铁锤
一块砧板
他说,必须打开脑袋

把思想给自己也给他人看看

我下山。只要不想成仙
只要不能成仙
只要记得老父亲犹在人间
那就脚踏实地回归家园

2021年5月31日

拨开那丛刺玫
　　——梦录77

拨开那丛刺玫
看到一个怯生生的男孩

一场迷藏
整整五十五载

我终于找到了
躲在老家的童年

直到今天才知道
全村人当年都说我聪明
原来是集体谎言

2021年6月1日

我来到月亮之上
——梦录78

我来到月亮之上
遇到了嫦娥吴刚

嫦娥说
悔不该偷吃仙丹
身不由己
飞升到寒乡僻壤
虽然高高在上
但也受够了这份孤单凄凉

吴刚说
那桂树伐而不倒
曾使他怀疑自己的力量
直到几天前才想明白
原来那只是一棵幻象
不伐了
也就不见了
希望我从地球弄来真正的树苗栽上
长粗长壮了
他好重操旧业
接下来在这里搭屋建房

他那份劳动人民的本色
依然没有变样

我劝说他们随我回到地球
他们异口同声拒绝
这么漫长的岁月都熬过来了
如今，咱中国人马上就要登月了
用不了多久
会有一片繁荣景象

他们甚至劝我
留在这月亮之上

2021年6月2日

向 北
——梦录 79

向北
向北
掀土带风
一路向北

我在十五头野象身后尾随

它们要寻找新的家园
不愿像前辈那样遵矩守规
已经走出五百公里了
依然没有称心的地方
就这样盲目闯荡
越走越远,越走越不知所归
我也十分疲惫

假如走到辽西
哪有适口的植被
假如走到内蒙古
草原上牧草稀疏
怎能填饱它们巨大的肠胃

到了该我说话的时候
我已觉察出它们开始后悔
我要把人生经验据实相告
还是浪子回头吧
比来比去
还是故乡最美

2021年6月3日

同每天放学一样
——梦录80

同每天放学一样
我攀上一棵榆树

妹妹在树下,边朗诵课文
边把我撸下来用于喂猪的榆叶
一筐筐接住

突然间,这棵树噌噌长高
不一会儿工夫
就把我托举到彩云深处
哈,这里的榆叶又肥又多
还有个仙女帮我采撸
这仙女
越看越像挨不住家乡贫困远嫁到黑龙江的姑姑

一不小心,两脚踩空
我飘飘悠悠掉了下来
没想到一头栽进猪圈
变成了一头胖胖的小猪

2021年6月6日

屋后那座山
——梦录81

屋后那座山
名叫骆驼山
它,正昂着头
一步一步向西北方向前进

是谁骑在骆驼背上
手中握着马头琴

昨夜梦里
爷爷说他要回到草原寻根
把骨头留在这里
带上灵魂和肉身

难道今夜便匆匆起程了
不再留恋子孙

醒来后
我赶紧跑到屋后看山
骆驼山还在呢
只是蒙上了一层薄薄的沙尘

2021年6月7日

一列绿皮火车
——梦录82

一列绿皮火车
停了下来
这里是窟窿山乘降所

从车上走下来
一只老虎
一条大鱼
一头骆驼

老虎问我,听说这里曾是森林
不知现状如何
大鱼问我,是不是有一条
又深又长的大河
骆驼问我
你们这里的沙尘天气是不是很多

老虎和大鱼失望地回到车上
骆驼招了招手
十几头大小骆驼
争先恐后走下火车

2021年6月8日

遍地光芒
——梦录83

太阳
是一个圆口袋
金黄金黄

是谁
解开了它
稻谷
唰唰落下
遍地光芒

有人说
袁隆平到了天上
依然从事品种改良
没多久
就实现了稻子树下乘凉的梦想
正在向念兹在兹的人间撒粮

2021年6月10日

一 个 人
——梦录84

一个人
在栽树

我问他栽下的是什么树

他头也不抬地说
仇恨

还是这个人
在欣赏当年栽下那棵树开的花

我问他
这是什么花

他满面笑容地对我说
友谊

2021年6月11日

我来到了火星上
——梦录85

我来到了火星上

这平地
我好像曾经种过庄稼
我要看一看
有没有遗失的谷穗
也许已经炭化了
那就仔细找一找
是否有黑色的颗粒

这丘陵
我好像曾经种过树木
看一看
有没有杉柏的遗存
也许已经石化了
那就仔细找一找
是否有树化玉
我必须马上回到地球上

我要告诉那里的人们
一定要懂得珍惜

尤其不能把碳中和视为儿戏
不然的话
地球也会像火星这样
失去生机

2021年6月12日

我重新捡起了打铁的手艺
——梦录86

我重新捡起了打铁的手艺
又一次把大锤抡起

记得那一年打的是镰刀
全村人都等着用新镰割地

那是第一次联产承包
人人都说这庄稼长成了奇迹
旧镰刀非锩刃不可
可不敢因为家什不妙误了农时

我当然对此心中有数
好钢
硬火
重锤
还得把好心情打进铁里

重新捡起打铁的手艺
只是没了当年的力气

这一次打制什么呢

总不能只是听一听叮当叮当的回忆

2021年6月12日

一个人,坐在云头
——梦录87

一个人
坐在云头哭泣

他说他是足球运动员
刚才
错把地球当作足球
一脚踢了出去

也不知
飞到了哪里

我想
我与他
是不是两个梦中人相遇

2021年6月12日

我翱翔在天
——梦录88

我翱翔在天
这是五月初四的夜晚

随手摘下几颗星星
都是些什么果子呀,不酸不甜

随手抓过一块云团
怎么一股焦煳味呢,莫非是来自厨房的油烟

随手握起北斗这把勺子
把贝加尔湖舀到辽西浇灌农田
半个多月没下雨了
庄稼已经打蔫儿

那个人不是屈原吗
何不去问一问
上下求索了几千年
《天问》是否有了答案
为什么这样行色匆匆
难道依然其修尚远

还是从天上返回吧
明天还要去老家过端午节
不能误了时间

2021年6月12日

我在雨中俯视一群蚂蚁
——梦录89

我在雨中俯视一群蚂蚁
还听到了它们的细语

——对于我们而言,一滴水
相当于人类面对一条大河
渡过去实属不易
战胜这场不测之雨
需要大家各尽其力
为了一家老小衣食无忧
能扛多重就扛多重的东西
搭上性命也不能放弃

——假如天上真有造物主
在他眼里
他们人类
也像一群蚂蚁
实际上
人类也知道自己在宇宙中是何等渺小
可他们
一直在各个领域奋发进取
创造了一种又一种奇迹

听到这里，我不禁心生敬意
举起雨伞
为这群蚂蚁挡风遮雨

2021年6月12日

田　边
——梦录90

田边
一株甘草

这根子也太长了吧
从辽宁省北票市南八家乡四家板村
一直延伸到鄂尔多斯草原
越挖越远

打马赶来一位老人

我竟听懂了他的蒙古话
意思是
一条甘甜的道路
正在拉着我
寻找祖先

2021年6月14日

汨罗江边
——梦录 91

汨罗江边
坐着一位老人
自称屈原

手拿三本小册子
《离骚》《天问》《九章》
铜版纸印刷的
看上去像
电脑编排
那字体
古文为繁
译文为简

他说正在构思新作
题目想好了
就叫《盛世新篇》
或陈述
或呼唤
有展开
有发端
有照应有回环

只是少了悲吟
没了哀怨

我问他
要不要吃几个粽子
又香
又甜

他说
最好找一条龙舟来
他要打捞出投江的那个自己
同他一道
看看今天

2021年6月14日

在 山 上
——梦录92

在山上
我看到了一穗
秋收后遗落的玉米

当我俯身去捡那穗玉米时
有一只
不知从哪里伸来的手
抢在了我的前面

这山上
除了我
不见他人

2021年6月15日

看到一个美女
——梦录93

看到一个美女
她说她是狐狸

我真的看到了她的尾巴

我为她换上一条拖地长裙
我挽起她的手臂

我不会让别人看到她的尾巴

2021年6月17日

雷 锋
——梦录94

雷锋
扶着我
过了一条又一条马路

我怎么老成这个样子了

我仿佛记得雷锋是一九四〇年生人
而我出生于一九六一年

我怎么变得这样任性呢
无论儿子怎样劝说
非要雷锋扶着不可

雷锋微笑着对我儿子说
你去照顾别人吧
这位老人有我

2021年6月17日

一株正在被扭曲的树
——梦录95

一株正在被扭曲被塑形的树
向我哭诉
自己的梦想
在白云深处

再次看到这株树的时候
它满面笑容地对我说
真的没有想到哇
成为盆景后,身价百倍

2021年6月17日

像极了我的母亲
——梦录96

观音菩萨
一手净瓶
一手柳枝
他分明就是专司辽西事务的神

缺水呀
少树哇

他来了
净瓶里装着江河呢
柳枝抖一下就是一片树林

梦中见到了观音

他，在我前半截梦中
是一位男子
在我后半截梦中
是一位女人

醒来后追忆，他是男人的时候
酷似我的父亲

他是女人的时候
像极了我的母亲

2021年6月21日

一只狼对我说
——梦录97

一只狼对我说
能不能帮我
回到深山

它说
在这里
熊瞎子学会数数了
猴子们个个都能装人了
老虎虽然依旧趾高气扬的模样
实际上已经蜕变
昨天夜里看到它悄悄吃了几口青草
完全不顾尊严
熊猫最没本事
仅凭那卖萌的样子
便成了人类的共宠
还有专家设计的营养配餐
而我行为依旧心性依然
至死也不会改变

这只狼对我说
宁可回到深山被人追杀

也不愿苟活于这有吃有喝却没有自由的动物园
我对它们所说的幸运
丝毫无感

2021年6月21—22日

梦　里
——梦录98

梦里
听到一些小道消息

黑熊与白狼鬼混
生下一窝狐狸

黄鼠狼叼着一块石头
回家磨刀杀鸡

一丛绿草唰唰唰地
吞掉了马驹

三角梅的枝头
开出了一朵朵月季

大雨中最响的那个雷落下来
竟然是一扇鹰翅
醒来
有人告诉我这些都是真的

2021年6月26日

剥开耕作层
——梦录 99

剥开耕作层
露出的是清朝时
一根根辫子
又长又粗
我试图用这些辫子做些什么
试来试去
最适合拴住前进的脚步

接下来
是一层薄土

薄土之下
是一棵树
树上吊着一个人
当然了
这只是幻象
真实的遗存
是一具自尽的帝王
令人唏嘘
惨不忍睹

接下来
是一层黄沙

黄沙下
一把蒙古刀
一张画在牛皮上的地图
多瑙河在图上流淌
贝加尔湖的位置上插着箭镞
不知是谁唱着呼麦
把那个只识弯弓射大雕的英雄回顾

宋朝不挖了
精忠报国的岳飞不会被埋葬
唐朝汉朝不挖了
友谊与友谊并肩而行
仍然走那条丝绸之路

这世界,中国最有厚度
打底的
是开天辟地的盘古

日里书上读史
梦里田野考古

2021年6月27日

老虎下山

——梦录100

老虎下山

它对虎崽儿说
还从未吃过人呢
今天
捉一个回来
一起尝个新奇

老虎回山
两手空空

它对虎崽儿说
人，太苦了
我只咬一口
便受不了了
只好把他放弃

2021年6月27日

大伯告诉我
——梦录101

大伯告诉我
他遇到了当年的战友
不是一个两个
而是全连

比他晚到半年的是电话兵小张
脚前脚后的是通信员小潘
其余的人
都在那边等了自己七十年

大伯告诉我
全连到齐后
一声令下
战友们又向美军阵地发起了冲锋
这个时候
阵地上只剩下他们三个人了
小张头部受伤
小潘腿部中弹
他问我
能不能组织一下炮火支援

大伯活着的时候讲过这段经历
又来我的梦里讲了一遍

2021年6月28日

月 亮
——梦录102

月亮
扑进我的怀中

我抱起她
像当年抱起妹妹

也像妹妹一样
肚子饿了,要吃奶吧

想当年,挑灯打场的妈妈不到半夜不归
我只好抱着她前去送喂

2021年6月28日

一头大象对我说
——梦录103

一头大象对我说
知道我们为什么北迁吗
告诉你吧
那是头象一时糊涂
领错了前进道路
并且把归途忘记
而我们惯于盲从
遇到这种情况
谁都没了主意

难道你们人类
没有这样的经历？

2021年6月28日

女 娲
——梦录104

女娲
又在那里用土造人呢

这一次
她使用的是模具

所有的男人
都一个样子
所有的女人
也都一个样子

她说
跟踪研究了几万年
这个样子的女人
是男人的最爱
这个样子的男人
在女人眼里最有魅力
在她向人间输送这批男女的时候
我偷偷捣毁了
她的模具

2021年7月6日

我推倒了门前的山
——梦录105

我推倒了门前的山

没想到
那山石
有的含铁
有的含金
品位不低
还有的
刚好碎成了铺路的石砾
山里边窝着一条河呢
潺潺流水
清澈无比
正好用来浇地
长在山上的远志麻黄桔梗
你拉着我
我拉着你
蹦蹦跳跳走进了我刚刚规划出来的中草药基地
我要做的第一件事情
就是把那些山花
移栽到自己院子里
可惜的是

眼见着砸死了三只来不及跪掉的黄鼠狼
和四只狐狸
我已经做出预警了
谁让它们不相信
我有推倒大山的力气

其实我也不信自己有这个能力
鼓励我的
是驻村第一书记

2021年7月7日

一个人对我说
——梦录106

一个人对我说
一道长城
把外敌挡了几千年

另一个人对我说
一条长绳
把中国捆了几千年

我明知他们说的不是同一件事情
却在一次梦里写诗时
把长城比喻成了一条长长的绳

那首梦中诗
我至今依然记得
梦醒的时候
曾经为这一妙喻
好一阵激动

2021年7月7日

我左手摇着一个摇篮
——梦录107

我左手摇着一个摇篮
右手摇着一个摇篮

左边摇篮里
躺着爷爷
右边摇篮里
躺着孙子

爸爸去买奶粉了

2021年7月7日

一记远投
——梦录108

一记远投
十分精当

那只篮球
准确入筐

是谁在说
那是夕阳

2021年7月7日

一只鸟，叫了一夜
——梦录109

一只鸟，叫了一夜

在梦里
也在窗外

梦里
我又谈了一次恋爱
对那个美若天仙的女人
仔细端详
她已头发花白

窗外
不知那只小鸟声声对我说的
是不是有一个人正冒雨赶来
她来自三十年之前
至今容颜未改

2021年7月8日

一群魔鬼拦路

——梦录110

一群魔鬼拦路

有的要把我清蒸
有的要把我水煮
最可恨的是那个曾经纠缠我的女人
竟让我当众与她做爱
不知羞耻地脱下衣裤

我左冲右突
他们左围右堵

不知你从哪里赶来
只一声大喝
那些魔鬼便四散而逃
我捡起落地的魂魄
慢慢擦拭惊悚

你依然是当年那个女中豪杰
我依然没勇气说出对你的爱慕

2021年7月12日

我一次又一次向上蹦
——梦录111

我一次又一次向上蹦

我是被扔到井里来的
我见过大天

我跟井底那只老蛙
没有共同语言

我一次又一次向上蹦
直到把自己
摔醒

我迫不及待地拉开窗帘

2021年7月14日

我去乡下扶贫
——梦录112

我去乡下扶贫
帮扶对象是一对老人

我向他们了解家庭情况
以及致贫原因

他们异口同声对我说
无儿无女
百病缠身

我仔细端详这两位老人
一个是我父亲
一个是我母亲

2021年7月14日

一 株 树
——梦录113

一株树
手中握着一把锯子
在树林中
走来走去

谁比它高
就向谁下锯

它对小树们说
不能让它
把阳光遮蔽

我也听到了吱吱的声音
下意识地
摸了摸自己的脖子

2021年7月14日

昨天走的就是这条路
——梦录114

昨天走的就是这条路
树，依然是刺槐
鸟，依然是麻雀
咬脚的，依然是那块紫色石头

昨天去见佛
今天去上坟
为什么是同一条路

昨天没见到佛
直到梦醒
也没找到那座庙
今天能否见到妈妈
不得而知
隐约听到了鸡鸣

这不正是老家那条山路吗
砍柴也走这条路
锄地也走这条路
是不是
上天堂也是这条路

下地狱还是这条路

2021年7月21日

好像是塔山
——梦录 115

好像是塔山
好像这里进行着一场阻击战

我手中的机枪
突然没了子弹

那么多敌人冲上来了
有的逼我找女人
有的向我要钱
有的说咱们一起去喝酒吧

我惊出一身冷汗

2021 年 7 月 21 日

修理钟表的师傅
——梦录116

修理钟表的师傅
从我的那台挂钟里
掏出了一大堆
被我废弃的时间

他说
用其制药
可以返老还童
我的面目
至少比现在年轻十年
但肠子一定会变青
甚至溃烂
用其铺路
至少沿赤道绕上一圈
如果走上去
却只能倒退
不能向前
用其和泥
最适宜堵塞人生的漏洞
可是看上去
必定劣迹斑斑

我把这一堆时间
作为"不可回收物"
统统倒进了
那个红色垃圾桶里边

2021年7月22日

上学路上
——梦录117

到东梁后去上学

路上
又遇到了那个
当年经常路遇的老爷爷

他说
几十年前捡到的那个书包
至今无人认领
说不定
丢了书包那个人
是你同学

这个书包
有些眼熟
打开来看看
草算本上写着我的名字
还有没做完的作业

我便蹲在路边做起题来
一道《长大了我要当什么》的作文题

写了又擦
擦了又写
最不想当的
正是当过的这些

2021年7月23日

我在飞 1
——梦录 118

我在飞

掠过一片白杨林
又越过好几座高山
眼下是阔大的水面
鱼儿清晰可见

入水一游的念头仅仅一闪
我飞翔依然

遇到了一群大雁
我欣然加入其间
飞成"一"的时候
我在队尾
飞成"人"的时候
我在队前

大地上那个负重前行的人
怎么也是我呢
看上去步履蹒跚

2021 年 7 月 26 日

我把手伸进夜空

——梦录119

我把手伸进夜空
摘下
一颗星星

为什么
它在天上是那么明亮
而到了我的手里
却成了一块普通的石头
不仅不再发光
而且有些冰冷

那么多冰冷的石头
悬在我们头顶

2021年7月27日

这是爸爸栽下的一棵树
——梦录120

这是爸爸栽下的一棵树

树上
只有一颗苹果

那么,我就不去摘了

明天见到爸爸的时候
他一定会说
我把这颗最小的苹果摘了
你吃吧
树上还有许多

2021年7月27日

我在飞 2
——梦录 121

我在飞
插着鹰的翅膀

那是谁
是谁在喊儿子回家

迟疑间
我一头栽到地面

妈妈拉起我
轻轻地
把我身上的征尘拍打

2021 年 7 月 27 日

小 时 候
——梦录122

小时候
妈妈,领着我
在后山挖草药

她说
儿子呀
咱们今天只要远志
不要当归

今天,妈妈依然这样说呢

看上去,妈妈还是那么年轻
而我
刚好六十周岁

2021年7月28日

面 对 面
——梦录123

面对面
看着自己

头发是什么时候白的
难道真像人们说的那样
为了那次升职?
目光自什么时候起不再清澈
难怪看不出那一张张笑脸
原来都是面具
那一次我说终于啃下了硬骨头
年轻人不以为然
原来牙齿已经松动位移
是什么堆积在皱纹里
经验?
教训?
为什么抹也抹不出去
堵在耳孔里的是什么东西
他人所堵
还是自己那一次不想听不同声音时
塞上的棉絮

忘了及时拔去……

2021年8月31日

扇 车
——梦录124

昨天
在民俗馆里
我看到
一架扇车
想起了
自己小时候
看爸爸摇那架扇车
扬走颖壳灰糠
留下成熟的籽粒

刚刚梦里
我来到了村中的打谷场上
也许是出于好奇
我偷偷地跳进了扇车
也许是摇车人用力过猛
我也被扇到空中
一飘千里

直到梦醒
也没着地

2021年11月

用我的体细胞

——梦录125

用我的体细胞
克隆出了一个孩子

当他懂事的时候
我对他说
你是六十年前的我

他对我讲，老爷爷
你不能这样胡说

我从记忆的饭碗里
舀出妈妈当年给我吃的食物
让他吃
他非但不吃
还要以虐待儿童的罪名控告我

哦，生命可以复制
时代场景不会复活

2021年11月8日

两 个 我
——梦录126

两个我
争执得面赤耳红

一个说自己老了
六十挂零

一个说自己没老
像三十岁时一样年轻

看到我来了
他们异口同声：你说说
咱们三个同为一人
到底是已经老了
还是依然年轻

我说
那就让我们同时拥有两个年龄吧
六十岁一样深厚稳重
三十岁一样充满激情

2021年11月9日

我来到一家智慧工厂
——梦录127

我来到一家智慧工厂
厂长说
你必须高看它们
高看这些钢
这些铜
这些锌
这些硅
这些碳纤维
以及这里所有金属非金属
及其组合
它们像人类一样
有了思想
甚至可以合谋出人类意想不到的行为

如果你依旧把它们看作机器
那么
你必须把自己当作其中一台
与它们平等相处
与它们和谐互动

一个机器走近我

金属音的话语直截了当
就凭你的这么点本事
还要加入我们
想都别想

2021年11月15日

我四肢着地行走
——梦录128

我四肢着地行走
觉得自在轻松

一群羊
在我身后随行

我终于来到了草原
一片草绿花红

我一边拣食青草
一边把长调轻哼

那个骑着枣红马的牧羊女
不是我的妻子吗
为什么不认识我了
虽然那几鞭子抽得不重
但我心里很疼

2021年11月19日

盯着这张老照片，看

——梦录129

盯着这张老照片，看

其中一个人
从照片中走了出来
脱去旧服
换上新装
把白发染黑后
换上一张似笑非笑的脸
又走了回去

我也在这张照片上

看到他又走了回来
我主动
把中间那个位子让给了他

2021年12月28日

旧 衣 服
——梦录130

她说,她把几件旧衣服
卖给了那个收破烂儿的人
转身回到家里
老伴儿不见了

我对她说,赶紧找到那个收破烂儿的人
看一看
是不是裹在旧衣服里

2021年12月28日

一个人
——梦录131

一个人
为我送来一把精美的拐杖

他说
既然老了
就应该把它用上
免得走起路来跟跟跄跄

我心怀感激,接受了这把拐杖

拄起它
反而不知如何行走了
只好把它扛在肩膀

不知什么时候它竟变成了扁担
我挑着从未有过的重负
走在一条从未走过的路上
那个人又来了
他对我说
你一头挑着过去
一头挑着未来

老当益壮

2022年1月11日

你从大凌河里走出来
——梦录132

你从大凌河里走出来

你是
一条鱼美人

一万枚鱼钩
也没把你钓到
一千张网
也没把你网到
你却自己走了出来

让我为你擦去身上的泥

是跟我回村
还是拉我下水

2022年2月11日

我本不会游泳
——梦录133

我本不会游泳
却在梦中游得很"嗨"

蛙泳
仰泳
蝶泳
自由泳
电视直播游泳比赛时看过的泳姿
轮番采用
大鱼小鱼纷纷为我鼓掌喝彩

好像是从大凌河游起
一会儿长江
一会儿黄河
后来游进了大海

一排巨浪打来
我手足无措
下沉的速度比时间还快

妻子划船及时赶到

一网把我抄了上来

2022年2月18日

回 村
——梦录134

回村
远远望见一位驼背老人

看上去似曾相识
却一时想不起
到底是哪一位乡亲

没想到
他竟磕磕绊绊地向我跑来
拍肩
拉手
十分亲近

他不无委屈地对我说
忘了吧
我是你留在老家的魂
春种秋收
孝老爱亲
夏耘冬藏
善待四邻
什么时候带我进城啊

咱俩也不能
就这样一生一世永远离分

2022年2月21日

昨夜,梦见了孙悟空

——梦录135

昨夜,梦见了孙悟空
他说
寻找一颗新的星球,已成当务之急

在用尽淡水
用尽石油
用尽氧气之前
必须找到一颗新的星球
那里有淡水
有石油
有充足的氧气
只要人类不能变成植物
就必须找到这样一颗星球

他说,你们人类奔赴另一颗星球的时候
不会只带着高傲的灵魂
一定还会带上贪婪的肉体
否则用什么做爱
用什么大快朵颐
因此,绝不是轻而易举

从现在开始
你们就要着手设计载具
并且留出足够的金属矿
以免制造载具的时候
出现原材料短缺问题

他说,适宜人类生存的星球还有许多
到时候,他可以带路前去
(他还自言自语:俺虽然老了
依然可以一个筋斗十万八千里)

2022年2月24日

波罗赤村还在
——梦录136

波罗赤村还在
他拉皋村还在
两村之间的哈尔瑙村却不在了

我从东边的波罗赤村走
走到村西口就该见得到哈尔瑙了
可这次却没有见到
我又从西边的他拉皋村走
本该走到村东口就见到哈尔瑙村了
可还是没有见到

我的老家怎么不见了

早就听说村里的人纷纷外出务工了
难道整个村子也被他们你一份我一份
全部带走了?

土地没了
地上物没了
连祖坟也没留下

2022年2月25日

闯进来三个蒙面大盗
——梦录137

闯进来三个蒙面大盗
一个拿枪
一个拿刀
另一个,两手叉腰、十分狂傲

拿枪的,索要金钱
拿刀的,索要珠宝
两手叉腰那个人更是贪得无厌
金银财宝
烟酒糖茶、名优特产、美女佳肴
什么都要

他们苦苦相逼
终于逼得我怒火中烧

挥起拳头把他们一一打倒
扯下他们的面具之后
我二话不说
赶紧跪地求饶

一个是儿子

一个是妻子
另一个,恕不奉告

2022年2月28日

我在向前走

——梦录138

我在向前走
一个年轻人追上来,往回拉我

年轻人恳求我回去陪陪他
陪他去跳舞
陪他去唱歌
陪他吹毛求疵为我的继任者挑错
陪他熟人熟面混吃喝

我顺手把他紧紧拉住
拉着他与我同行
不容挣脱

2022年3月6日

妈妈领着我
——梦录139

妈妈领着我
去姥姥家
大凌河在我们身后跟着
我们爬山的时候
它也跟着爬

到了姥姥家
妈妈骄傲地说起大凌河
骄傲地说起庄稼
这时候,跟随我们而来的大凌河
一垄接一垄地为姥姥浇地
是呀,姥姥这里没河
庄稼旱得蔫蔫巴巴

妈妈领着我
去姥姥家
大凌河在我们身后跟着
一手拎两条大鲫鱼
一手握一簇野菊花

2022年3月14日

我参加一场接力比赛
——梦录140

我参加一场接力比赛

第一棒那个人
跑在最前

第二棒那个人
依然领先

第三棒那个人却落在了后边

我终于松了口气
太好了
这下没了负担

2022年3月15日

儿 子
——梦录141

儿子
领着一个孩子
在泥泞的道路上行进
那个孩子
不时跌倒
儿子,一次又一次把他拉起

我仿佛听到
儿子管那个孩子叫爸爸

我什么时候弄得一身泥

2022年3月16日

我是什么
——梦录142

我遇到了孙行者

这猴子
唤声施主
看都不看我一眼
便伸出手来
要吃要喝

这猴子
吃饱喝足之后
看了看我
大喝一声妖怪
挥起棒子
就要打我

这猴子
怎么突然把棒子收了
跪在地上
连磕仨头
称我圣佛

他不是火眼金睛吗
到底我是什么
什么是我

2022年3月16日

牛，把身上的绳套甩下

——梦录143

牛，把身上的绳套甩下
犁杖，砸了自己的铧
点葫芦①说
反正这些种子已被我吞下
好歹也算填饱了肚子，怕啥

地，不再这么种了
种也不再种高粱玉米谷子这样的普通庄稼

乡亲们义无反顾迈开离去的步伐

我的双脚
却陷进了乡土里
越陷越深
难以自拔

2022年3月16日

---

①农用工具，种地点种用。

跑哇，跑
——梦录144

跑哇，跑哇，跑

从四家板村出发
沿着大凌河
往朝阳城里跑

把鞋跑丢了
把腿跑没了

人人都说我终于进城了
而在我眼里
依然遍地庄稼

2022年3月17日

你说你进不了天堂的门

——梦录145

你说你进不了天堂的门
也进不了地狱的门
白天的时候在天地间游走
夜里，只好到亲朋好友的梦里栖身

你说天堂接纳真善美
地狱收容假恶丑
而你既不符合天堂的准入条件
也达不到地狱的留置标准

你说，其实能够进入天堂的很少
进入地狱也得在黑名单上攒够积分
太多太多你我这样的凡人

2022年3月18日

满山的向日葵
——*梦录146*

满山的向日葵
一起转

山
跟着改变了方向

2022年4月18日

一百匹马
——梦录147

一百匹马
记不得我是骑着哪一匹来的

一千多只羊
不知巴特尔为我宰杀哪只

白蘑菇是不是有毒
野韭菜能不能带回来
栽植到弟弟的菜园

我要花言巧语把萨日娜从这里骗走
让她做我儿媳

2022年4月19日

鱼缸里的鱼
——梦录148

鱼缸里的鱼
对我说,世界上只有这么多水

看上去
每一条都是幸福模样

2022年4月19日

跑了一个晚上
——梦录149

跑了一个晚上

只是从家门口
跑到二里地外的铁路乘降所

天快亮了
绿皮火车终于开了过来

失望的是
这趟车在这里不停
只是路过

2022年4月25日

梦 里

——梦录150

梦里
一个老人对我说

在甜瓜中找得到苦的
在苦瓜中找不到甜的

2022年4月26日

妈妈叮嘱我四件事情
——梦录151

妈妈叮嘱我四件事情

一是经常回家看看爸爸
二是不要与妻子吵架
三是孙子已经够棒了,不能加码施压
四是不要想她

这是我梦中接到的电话

2022年5月4日二稿

黄河流金
——梦录152

黄河流金
长江流银
昆仑滴翠

一条大船,驶来了
仔细看了看
这不是台湾岛吗
快快
选一个最好的泊位

长城上开满鲜花
最红最艳的那朵
正是太阳
那个美女说
她浇花用的是大凌河水

凤凰山真的是一只凤凰啊
与传说中的一模一样
正欲展翅高飞

2022年5月5日

是地球吗
——梦录153

是地球吗

在我身边滚来滚去
大声喊疼

喝下那么多脏水
肚子受不了了
上吐下泻不停
刮来那么多沙尘
眯了它的眼睛
看上去，呼吸也有些吃力
不知是被雾霾侵袭
还是染上了病毒
惨不忍睹的是
一颗又一颗导弹
不是插在背上
就是刺进前胸
都具有核常兼备功能
更为可怕的是
冰山融化得越来越快
以前水位抵腹

马上就要及胸

真的是地球哇,大家都别做梦了
快快醒来
一起想办法
保住这个小可怜的性命

2022年5月6日

我走在上山的路上
——梦录154

我走在上山的路上
抱着我的猫

我从山上归来
留在那里一只虎

山荒岭秃的日子里
一只虎下山,变成了猫
成为我的宠物

山上植被恢复了
我把它送归原处
让猫变回老虎

2022年5月6日

我参加一个婚礼
——梦录155

我参加一个婚礼

沿着红地毯走来的
竟是我和妻子

我有些手足无措
妻子也是忸忸怩怩

唉,一对四十年前的新人
哪见过这种阵势

2022年5月6日

梦里,一个人对我说
——梦录156

梦里,一个人一遍又一遍对我说
放下

扛得太久了
放下

已经扛不动了
放下

不需再扛了
放下

不想再扛了
放下

别人强加的
放下
自己抢来,有人伺机夺走的
放下

桂冠太多了

也要一一放下

包装太厚了
也要层层放下

扛那么多
要那么多
留那么多
干吗

放下吧,放下
最终连皮肉都得放下
只剩骨灰一把

2022年5月6日

刚刚回归童年
——梦录157

刚刚回归童年
妈妈便催我上山
她说
只剩半瓢苞米面了
这又突然多出一张嘴
不掺些野菜
一家人
吃不饱晚饭

那神情
有几分惊喜
有几分忧烦

2022年5月7日

昨 夜

——梦录158

昨夜
我遇到了蒲松龄
他坐在一棵老榆树下采风

我问他,《聊斋志异》续集
什么时候才能完成

他说,素材已经足够
马上回家敲字
七月前保证完稿
顺利的话
十月前能够出版发行

我说,能否透露一下内容

他说
这有什么不行
比如:《山神记》这样开篇
——树上结出金果
花间堆满银锭
《土地爷传》以自述形式呈现

春天看机播
夏天看机锄
秋天看机收
到了冬天,他也搬进暖棚
有菜有果
一点不冷
补光灯下学点数字农业知识
增强本领
《河神说》寥寥数笔即可成篇
以下就是完整内容

一日,蒲遇河神
问之,近日可好
河神说,先生,这条河的水质已由V类
恢复至I类了
下界时带来的净水器
可以弃之不用
《城隍事》不太好写
仅仅是新职业就很难分清
大街上人来人往
不知哪个是常住哪个是流动

蒲老先生问我
新书的名字依然叫《聊斋志异》呢
还是改称《时代剪影》?

2022年5月7日

这棵茄秧

——梦录159

这棵茄秧
后面一个茄子
前面两个茄子

三个茄子,或大或小
个个挺胖

多像当年的情形啊
妈妈,背着大妹
而两个弟弟
一人叼着一个乳头
吃奶

那么,刚刚被摘下的那个最大的茄子
就是我了
如果不是爸爸狠心一揪
我也会赖在妈妈身上
不肯下来

2022年5月7日

兵马俑的头领说

——梦录160

兵马俑的头领说
来看看吧
这支队伍一直都在

只要一声令下
自大秦以来
所有枕戈待旦的统一力量
都可以调动起来

2022年5月12日

稻草人对我说
——梦录161

稻草人对我说

——日子久了
谁都能看出
我就是一介草民
麻雀
也敢骑到我的脖子上拉屎

2022年5月13日

我是农民的儿子
——梦录162

下乡
调研
搓着手
笑着脸

人群中那么多熟悉的面孔
甚至还有初恋
我不假思索地站在了农民这一边

缺苗断条的,是地
少云无雨的,是天

其实,这庄稼长得不好
还有其他原因
面对父老乡亲
我哑口无言

把我捣碎吧,捣碎了摊放在这里
就是血肉家园

2022年5月13日

大　修
——梦录163

喂，你们这台车
需要大修的主要有三种部件
发动机
轮胎
风挡玻璃

这是说我呢

心脏
腿脚
以及眼睛出了疾患

梦里，我变成了一台车
儿子女儿连开带推把我弄到了修理店

喂，不如报废算了
修起来比较麻烦
不比买台新的省多少钱

儿子女儿异口同声地说
还是修吧

这台车,我们用起来习惯

2022年5月14日

我这点伤算什么
——梦录164

我这点伤算什么

不过是
脸面上多了一张嘴巴

想张就张
想闭就闭

2022年5月14日

算 术
——梦录165

梦里
我做着算术题

第一遍
1 + 1 = 2

老师打了对号

第二遍
1+1 = 3

老师又打了对号

第三遍
1 + 1 = 4

老师依然打了对号
老师说
我有成为诗人的天赋与潜质

2022年5月15日

腿 软
——梦录166

每到裉节儿,我就追不上任何人
总是腿软

这不,不远处那么多金锭
人们正蜂拥而上,去抢,去捡

我又气又急
却迈不出一步
瞬间满头大汗

醒来后仔细想了想梦中情形
那一坨坨东西
好像不是黄金
而是粪便

2022年5月15日

春 旱
——梦录167

钩饵投进水里

哇,大凌河被钓上来了

我把它拖进
弟弟以"干埋"方式播种的玉米地

玉米出苗了
玉米长高了

玉米眨眼间就结穗了

仔细一看,这哪是玉米穗呀
分明是
棵棵玉米秧都抱着两条大鱼

2022年5月15日

海水淹到了三楼
——梦录168

海面越来越高
越来越高

我看到
一楼的老王依然叼着烟斗
这个老友居然会踩水
不知他想没想好,该向哪里逃
二楼的芳姐变成了鱼
跟着她在水中游的,一个是孙子
一个是外孙女
他们面目依旧
俨然一大两小三条人鱼
如此神奇的突变,谁能想到
三楼的大张夫妇跑到四楼我的家里来了
大张说,他们夫妇要是能变,就变成一对比翼鸟
飞到那高山峻岭
照样自在逍遥
我心里已经想好了
我是属牛的
非变不可的时候就变成牛
回到祖居的内蒙古高原去吃草

哪怕全球的冰山全部融化
也不会把那里淹掉

两个人把船划到了我的窗口
一人吼着山歌
一人唱着长调

2022年5月16日

麻 雀
——梦录169

麻雀说
能不能给我一把米

我对它说
那个笼子里
有米槽
笼门开着呢
自己去取

麻雀说
我怕你把我关到笼子里

我对它说
金丝鸟都被我放飞了
干吗关你

我真心希望它吃光或带走那些剩米

2022年5月16日

灵 魂
——梦录170

把肉体放在那里

我躲在远处
看着她

看她
怎样对待令人讨厌的你

当我看到她那无耻的样子时
禁不住闭上了眼睛

是的
我不再想与她合为一体
也不再那么讨厌你

2022年5月17日

求 雨
——梦录171

云姑娘来了
风婆婆非要把它拽走

雷公电母
在那里争执
声与光谁先谁后

雨神对龙王说
今天这事
你办还是我办
是洒点毛毛雨
还是彻底下透

旱魃依然无理取闹
雹神也要借机插手

求雨的人们
怎知天上正在发生着这样的事情
只顾在那里虔诚地
上供磕头

2022年5月17日

送 葬
——梦录172

谁死了?
那棺材里装着的人是谁?

我也走在送葬的人群中
每个人的样子都无比伤悲
许多人的脸上淌着泪水

我悄声问
死去的人是谁

身边那个慈眉善目的长者说出的名字
竟然是我
虽然他的话荒唐无比
但那句"听说是个好人"令我宽慰

是谁编造了我的死亡?
他们送走的到底是谁?

2022年5月17日

山乡花海
——梦录173

满山花开
朵朵都是美女

这是真的
不是比喻

村子里外出打工的年轻人
都从城里赶回来了
争相把她们迎娶

这一群小姐妹
栽上花树
绽放的却是自己

我看了又看
其中一朵竟是我的妻子
也就二十几岁年纪
千万不能让别人抢去

2022年5月17日

梦到了凤凰
——梦录174

像野鸡
像孔雀
也像彩云
那令人欢喜的叫声
好像来自从不让我烦恼的喜鹊

周围人都说这就是凤凰
跟传说中的一模一样

像锦鸡
像鹦鹉
也像朝霞
那含情脉脉的目光
好像来自从不把我远离的麻雀

周围人都说这就是凤凰
跟画上画的一模一样
梦醒后
首先听到的是喜鹊的叫声
首先看到的是麻雀的目光
绞尽脑汁也回忆不出梦中凤凰的

准确形象

2022年5月18日

打 篮 球
——梦录175

我把太阳投进了篮筐

你说你抢篮板时抢到的
却是月亮

拍两下
就瘪下去了
与每月初七八夜里那一个
没啥两样
问我打气筒在何方

2022年5月18日

捉 迷 藏
——梦录176

好久没有开怀大笑了

昨夜,却在梦中笑醒
那是回到了老家
回到了少年
进入了捉迷藏的场景
我就藏在铁柱身旁的树后
他却怎么也找不到我
急得快要发疯
我悄悄来到他的身后
在他后脑勺上弹了一个脑崩儿

欢乐竟然如此简单
当它找不到你的时候
你不妨走出来,与之互动

2022年5月22日

手里握着什么
——梦录177

"你紧紧地握着什么呢
能不能把它放下
腾出手来
接过我送给你的鲜花"

我没有告诉他
双手握着的都是仇恨

我真的喜爱那束百合

2022年5月22日

大太阳,好晒
　　——梦录178

爷爷
扛着锄头走来
手中
拎着一篮子野菜

大太阳正在头顶上
好晒

爷爷说
东洼子那片地锄好了
玉米长得不赖
你把野菜拿回去
挑些好的,蘸酱吃
剩下的
放到猪圈喂大白
我去扯一片挡太阳的云彩
地也有些干了
顺便弄点雨来

2022年5月22日

梦里,总是故乡
——梦录179

梦里,总是故乡

梦里故乡
有时在朝阳城中出现
楼群中突然多出几十个石墙小院
公园瞬间变成农田
梦里故乡
多数还在四家板
河还是那条河,清水浅浅
山还是那座山,紫荆片片

最多的鸟儿,是麻雀
不在墙头
就在屋檐

梦里的我
有时稚气
有时老态
村里的孩子
有的是发小,喊我乳名
有的是孙辈,喊我爷爷

我也是一会儿童颜
一会儿满脸老年斑

老年的我在那棵榆树下下象棋
童年的我在那棵榆树上采榆钱

妈妈走过来了
她还像当年那样年轻好看
八岁的我跑过去迎她
一路撒欢儿
六十岁的我，站在她的面前
有些难堪

梦里，总是故乡
梦回故乡的时候
只有欢乐
没有我常常向年轻人诉说的苦难

2022年5月22日

钟馗，持剑追我
——梦录180

钟馗，持剑追来
我西藏东躲

最终，还是被他擒获

他对我说
虽然你不是鬼
但是有鬼钻进了你的心窝
我要把他活捉

不知他怎样操作

吓得我
直打哆嗦

2022年5月22日

又见壶口瀑布
——梦录181

梦中,又见壶口瀑布

我看到,黄河水奋不顾身地跳下陡崖
又被后来者合力从崖底托起
就这样前赴后继
就这样争先恐后
每颗水都跌伤了
每颗水都顾不上包扎伤口

我还听到了水的誓言
——哪怕血肉之躯碎了
也要用灵魂举起骨头
向前走!

2022年5月23日

大凌河水注入了我的血管
——梦录182

头晕
气短
乏力
心悸
医生说我贫血

我问他如何治疗
他说
静脉注射

他带我来到大凌河边
把针管
接在抽水机的出水管上
针尖
刺进我的血管
然后
接通了电源
那医生
摘下了口罩
原来是我的父亲

2022年5月24日

我是一棵树

——梦录183

两个人
拿着锯来了

围着我
上看下看
左瞅右瞧

一个说,不够直
一个说,不够高
异口同声说,材质也不好

我心中窃喜
庆幸又一次脱逃

谁知,他们却决定
把我伐掉
做柴烧

急中生智,我现回人形
跪地求饶

2022年5月24日

那 个 神

——梦录184

那个神
从神坛上走下来
拿起我敬奉的供品
大快朵颐

边吃边说
有什么要求
尽管提

我既兴奋
又感激
喋喋不休地,一一说起

他什么时候变回塑像了
我没留意

2022年12月25日